Aux Flancs de la Colline

par

René Crayssac

Pierre Vergez

Prix 1 fr 50

AUX FLANCS
DE LA COLLINE

Comme de gais oiseaux sautillants et moqueurs,
Au gré du vent qui les caresse ou les déplume,
Allez, prenez l'essor, fols enfants de ma plume,
Partez, bravez l'orage et revenez vainqueurs!

R. C.

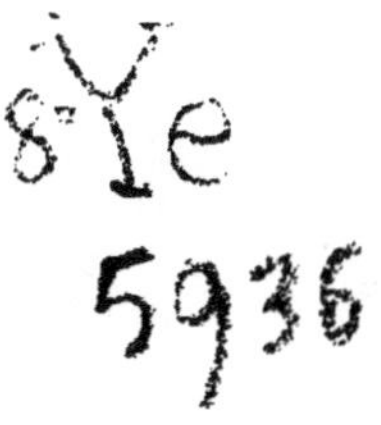

René CRAYSSAC

Aux Flancs de la Colline

A mes amis, ce recueil initial, de tout cœur.
R. C.

IL A ÉTÉ TIRÉ DE CET OUVRAGE :

10 exemplaires sur papier impérial du Japon.

FLEUR DE BRUME

(FRAGMENT)

Pour Gaston Gagnaire.

L'ORGUEIL de la tristesse angoissante des villes
Est d'étouffer la fleur d'amour entre leurs murs
Ainsi que celle de pitié dans les cœurs purs
Et d'âpres cris montent, le soir, des foules viles...

Dis, mignonne, ne sens tu pas la nostalgie
De pays où l'amour est plus seul, t'envahir
Quand ces énervements brutaux viennent meurtrir
Nos étreintes de leurs hoquets impurs d'orgie,

Dis, n'est-ce pas qu'à tous ces bruits, à ces clameurs
De faubourgs fatigués et fiévreux tu préfères
Dans la campagne calme, au couchant qui se meurt,
Les sanglots bleus des angelus crépusculaires?

Oh! vers les chauds soleils, les roses horizons,
S'envoler, s'envoler un jour d'un grand coup d'ailes,
Comme les douces et frileuses hirondelles
Fuyant vers le midi les mortelles saisons!

. . . .

Et mollement épris d'obscures nonchalances,
D'abandons assoupis et de regards perdus,
J'entrevois une plage où, tous deux étendus
Sous un beau ciel de mai, dans un tiède silence,

Au bercement chanteur des paresseuses vagues
Dont l'assaut, sur la grève d'or, vient défaillir,
D'un baiser infini je m'attarde à cueillir
La fleur de rêve éclose au bleu de tes yeux vagues!

LA COLLINE

Auprès de mon village, il est une colline
Charmante, avec des flancs mauves quand vient le soir ;
Souvent, ma Douce et moi nous allons nous asseoir
Sur son penchant où jase une onde cristalline.

Les troupeaux lents, de leurs clochettes argentines,
Y berçent le crépusculaire nonchaloir :
Du sommet, on découvre au loin un vieux manoir ;
A ses pieds est creusée une large ravine.

Le soir, de beaux essaims de gars, de jeunes filles
Montent à son assaut, enlacés, à pas lents,
Avec des rires frais où l'ivresse pétille.

En extase, nous regardons passer les couples
Qui, là-haut, vont cueillir leurs rêves de vingt ans,
. . . .
Puis... j'enlace à mon tour la taille fine et souple

De ma mignonne au clair sourire de printemps.

VIENS CUEILLIR...

Viens cueillir avec moi des fleurs sur la colline
Qu'éclaire faiblement le soleil qui décline ;
Dans l'air flotte une odeur troublante de jasmins...
Les paysans s'en reviennent sur les chemins
Où grince, par instants, l'essieu d'une charrette...
Aux flancs de la colline une vapeur discrète
Rampe neigeusement en voiles de douceur
Dorés par les derniers rayons du jour qui meurt...
Dans la fraîcheur de ces soirales mousselines,
Ta beauté me sera plus chère et plus câline ;
Quand je contemplerai, sur le ciel assombri,
Ton profil délicat et fin et qui sourit
Estompé par la brume blanche qui se lève,
Ce sera dans le vague exquis d'un peu de rêve...

CROQUIS D'AVRIL

Pour ma sœur Isabelle.

Le vent d'avril frissonne aux rosiers de l'allée
En des effeuillaisons rêveuses de pétales...

. . . .

Mon âme à sa tiédeur odorante est mêlée...

. . . .

L'air
Est doux ; le ciel clair
Où s'étonne un soleil jeune et timide
Et pâle...
— O cantique limpide !
Hymne muet versant l'ivresse en paix heureuse ! —
Sur la grande route, joyeuses,
Là-bas, sur la route blanche et poudreuse,

Sous le ciel qui rayonne en indulgences bleues,
Voici venir un fol essaim de jeunes filles,
Des jacinthes aux doigts et des rires aux dents,
Des rires éclatants comme un velours de roses,
Parfumés de jeunesse et d'amour... un peu...
— Frais ruisselet, dans les cailloux, qui jase... —

. . . .

O mois de l'aubépine et des pommiers en fleurs!
Un vague émoi palpite au cœur pâmé des choses
Et c'est partout comme une floraison d'extases,
Un lourd vertige de tendresses et d'odeurs...

. . . .

Le vent d'avril frissonne aux rosiers de l'allée
En des effeuillaisons rêveuses de pétales...
L'air est plein de senteurs, d'espérance et de rêve
Et l'incantation triomphale s'achève
Des bourgeons éclatés aux ferveurs de la sève...

Dans l'unanime enchantement
Du printanier réveil, la nature babille
Eperdument...
— Sur le grand peuplier un pinson s'égosille —
Par les barreaux du grand portail, claire envolée
D'oiseaux rieurs, je vois passer des jeunes filles
Des jacinthes aux doigts et des rires aux dents...

. . . .

Le vent d'avril frissonne aux rosiers de l'allée...

LES MAINS DES AMOUREUSES

CHANSON

(Musique de M. Gaston Gagnaire)

Qui dira la grâce des mains
Si mignonnes des amoureuses,
Aux blancheurs tendres de jasmins,
Enivrantes et savoureuses,
Qui dira la douceur des mains,
De leurs flexions langoureuses,
Qui dira la beauté des mains
Des amoureuses !

C'est par le serrement fiévreux
Des mains que gars et jeunes filles
Échangent les premiers aveux
Que leurs jeunes lèvres babillent,
Bâtissent de beaux lendemains,
Se font des promesses heureuses,
O ce premier geste des mains
Des amoureuses !

Aux amants, les yeux dans les yeux,
La caresse idolâtre ou feinte
Des mains est le rayon joyeux
Qui vient ensoleiller l'étreinte ;
O quels amours froids et mesquins
Sans les nervosités fougueuses,
Sans les subtils frissons des mains
Des amoureuses !

Aux jours sombres de la douleur,
C'est de la bonté consolante
Sur les blessures et les pleurs
Que versent les mains des amantes
Par l'enveloppement càlin
De leurs tendresses enjôleuses...
O quel baume divin, les mains
Des amoureuses !

C'est aussi, quand les deux amants
Se disent les adieux suprêmes,
Les mains, de leurs gestes charmants,
Qui lancent un dernier : « Je t'aime ! »
Dans l'éloignement du chemin,
Quelle extase délicieuse
Pour l'amant, que l'adieu des mains
    De l'amoureuse !

SUR LA COLLINE

CHANSON

A Joseph Galey.

L'AIR était tiède, le ciel pur,
Lorsque j'ai rencontré ma mie,
A l'aventure, sous l'azur
D'un soir d'été plein d'accalmie,
Lorsque, pour la première fois,
Si suavement cristalline,
J'entendis sa mignonne voix,
Sur la colline !..

Depuis, nous nous sommes aimés
Bien souvent dans l'herbe complice
De ses penchants. les yeux fermés,
Éperdus, ivres de délices...
Aux heures mourantes du jour,
Que de fois, pressant ma divine,
A ses lèvres, j'ai bu l'amour
Sur la colline!..

Mais, un jour, hélas! le malheur
M'effleura de ses sombres ailes;
Qui pourrait dire ma douleur,
Lorsque je surpris l'infidèle,
Déchirant les jolis serments
Susurrés par ses lèvres fines,
Au bras de son nouvel amant,
Sur la colline!..

Depuis, à pas lents, chaque soir,
Je promène aux pentes fleuries
Où la perfide vint s'asseoir,
Ma douloureuse rêverie;
J'ai le cœur gros, des pleurs aux yeux :
Un mal mystérieux me mine,
Chaque soir je me meurs un peu,
Sur la colline!..

SI TU RECOMMENÇAIS A RIRE ?

A Mlle Isabelle L...

Une langueur — que je ne sais
De joie ou de mélancolie —
Affadit ta bouche jolie...
Oh ! dis, si tu recommençais ?

Si tu recommençais à rire
Ton rire perlé de cristal,
Les cheveux au vent, en délire
Dans le bien-être vespéral ?

VENDANGES

A mon cousin J. Cartier.

Sur l'assoupissement des champs pleins de lumière.
Le soleil flamboyant jette un manteau de feu;
Joyeux, les vendangeurs ont quitté leur chaumière,
Ils vont, par les chemins brûlants, sous le ciel bleu.

Dans la vigne onduleuse aux flots dorés, les grappes
Lourdes du vin futur tombent sous les ciseaux,
Et ces fruits généreux des futures agapes
S'écroulent pesamment en rutilants monceaux.

Allons, les gars ! vite au cuvier ! point de paresse !
Hottes, paniers, versez vos flots tout ruisselants !
Méprisons de Phébus la cuisante caresse
Qui rend les membres mous et les cœurs nonchalants!

Les rangs pressés des vendangeurs, par longues files,
S'en vont, le dos chargé, sous l'ardeur du soleil ;
Des « bastes » les raisins tombent en lourdes piles
Dans l'ampleur du cuvier rouge d'un jus vermeil.

Et maintenant, amis, le pressoir, dans la grange,
Appelle les joyeux fouleurs du moût divin :
Des vendangeurs la troupe autour du chef se range,
Humant l'air chaud où flotte une âpre odeur de vin.

Debout, sur le pressoir, au front, des vignes folles,
Des jeunes gens rieurs entonnent des chants gais ;
C'est le premier signal des longues farandoles
Dans l'onde qui rougit la blancheur de leurs pieds.

Sur les pampres déserts et les « flages » traînantes
Le soleil a glissé ses obliques rayons :
Bas les paniers pourprés ! les « comportes » saignantes!
La soupe ! à table, vite ! à table ! festoyons !

Ce sont des cris, ce sont des chants ou des boutades,
Dans les verres grossiers le nectar écumant
Pétille, quand, soudain, tous, en vrais camarades,
Se lèvent pour porter au maître un toast bruyant.

Mais la lune s'éplore en sa lueur laiteuse
Et verse indulgemment des nappes de clarté
Sur la colline où notre troupe vendangeuse
Va prendre ses ébats, dans le beau soir bleuté.

Sur deux tonneaux usés une planche est tendue :
Jean-Pierre a préludé sur son doux violon,
Les mains cherchent les mains et la danse attendue
Commence sous l'astre rêveur au regard blond...

Puis dans l'étroit sentier, sous la voûte étoilée,
Par couples ils s'en vont, en de doux abandons;
Complaisante, Lucine, un instant, s'est voilée :
Sur eux, à pleines mains, Amour verse ses dons...

ROYAUTÉ

A Mlle Isabelle L...

Avec des gestes pleins d'énervements confus,
Tu fauches le silence où mon espoir soupire ;
Ta bouche a des rougeurs triomphales d'empire
Et mon cœur saigne, à l'unisson, de ses refus.

Dans les bois parfumés de tes cheveux touffus,
Mon désir, étoilé de rêves d'or, expire...
Et, dédaigneuse, tu me cingles d'un sourire
Qui ne laisse point soupçonner ce que tu fus

Quand nous jouions, enfants tous deux, sur la pelouse :
Toi dans ta robe rose et moi, chère, en la blouse
Que tu griffais si bien de ta mignonne main.

Qui donc alors dans ta personne gracieuse
De poupée aux yeux fous, à la lèvre rieuse,
Aurait lu le démon altier du lendemain !

DÉLIRE

A M. F. Périé.

Ma chair fébrile a des voracités de loup!
. . . .
Comme sous les marteaux battant l'enclume lisse
L'étincelle jaillit du fer, à chaque coup,
En cadence, en bouquets d'un beau feu d'artifice,

Je veux que des éclairs sourdent de tes grands yeux
— Qui trop longtemps ont sommeillé, gros de paresses —
Sous l'étreinte de fer de mes bras glorieux!

Par mes baisers brûlants, au feu de mes caresses,
Je veux ensoleiller tes prunelles en pleurs,
Mettre de la lumière aux cierges de tes tresses,

Allumer des flambeaux joyeux comme des fleurs
Sur tes lèvres, sur tout ton corps et dans ton âme
Et dans tout ce qui fait que d'amour je me meurs,

. . . .

O mignonne, adorable, inexprimable femme!

FOURBERIE AMOUREUSE

Je crible de désirs assassins tous vos charmes :
Ma chair est comme un arc dont les ruts sont les armes.

Ah ! tous les traits, les javelots de mes ardeurs,
Que ne transpercent-ils vos farouches pudeurs !

Et qu'importe le sang jaillissant des blessures
De votre corps si leurs attaques étaient sûres !

Si ces flèches d'amour aux bataillons touffus
Mettaient en fuite le troupeau de vos refus !

Si leur assaut brutal pouvait forcer la porte
De votre cœur où ma tendresse se transporte !

. . . .

Je vous guette, vous tends d'insidieux lacets
Et me vois triomphant... quand vous criez : « Assez ! »

Quand donc d'un « oui ! » charmant échappé de vos lèvres,
Mignonne, mettrez-vous fin à mes longues fièvres?..

CAPRICE

Je sais bien maintenant, ô chère, que ta bouche
A dit « oui » d'une voix légèrement farouche,
Comme s'il y restait des vestiges encor
Des refus orgueilleux rythmés par ta voix d'or...
Tu me les prodiguais hier, insoucieuse
De mon deuil sanglotant et de la plaie affreuse
Que tu faisais saigner à mon cœur amoureux,
Riant de mes tourments, de mes pleurs douloureux...
Et je n'aurais, pour mettre un terme à ma souffrance,
Qu'à me laisser aller à la douce attirance
De tes aveux plus musicaux qu'un tympanon,
Grisants de bon accueil; eh bien, je réponds : « Non! »

Car il me plaît, vois-tu, d'aggraver mon calvaire,
Et quand tu me tendras, plein jusqu'au bord, le verre
Des roses voluptés, je le repousserai
D'un geste, refrénant mes désirs : je serai
Le blessé ravivant sa plaie avec délices,
Se plaisant à tremper ses lèvres aux calices
Des noirs regrets et des amers renoncements,
Quand il a sous la main des hanaps écumants,
Qu'il peut noyer son affre en luxures sereines,
Assoupir sa torture au doux chant des sirènes
Que sont pour lui les amoureuses aux bras blancs...
Mes refus — je le crains, hélas ! — seront tremblants
De faiblir, mais je sens qu'ils surgiront quand même
De mes lèvres brûlant de te dire : « Je t'aime ! »
Quand tes yeux bleus auront des reflets assassins,
Je baisserai les miens ; quand l'ampleur de tes seins,
Découverte, pour m'exciter, par tes mains folles,
M'apparaîtra, je renouerai sur tes épaules,
L'air impassible, avec des gestes indolents,
Domptant mes sens, bravant l'amour, changeant les rôles,
Ton manteau, pour voiler ces globes aveuglants !...

EXTASE

A mon ami Alexandre Larue.

Un infini pâmé rit au clair des prunelles
Où rêve le regard mi-voilé des amants
Qui viennent d'échanger délicieusement
Les aveux ingénus des amours éternelles...

Heure exquise où des anges nus battent des ailes,
Où les cœurs sont plongés dans le ravissement !
Éperdus, les amants, lèvres à lèvres, mêlent
Leurs extases en de muets enlacements...

Ils rêvent dans le soir où des senteurs de roses
Et des vols de désirs aux tendresses de sœurs
Sur leurs fronts rapprochés, suavement, se posent...

O — le jour des aveux, des premières caresses —
Ces feux profonds des yeux agrandis par l'ivresse
D'une volupté d'or qui s'effeuille en douceurs!..

AUX BAISERS

Pour Pierre Vergez.

Baisers, traits d'union des corps, des cœurs, des âmes,
Doux comme des agneaux, brûlants comme des flammes!

Baisers fous éclatant au milieu des ébats
Amoureux, comme les obus dans les combats!

Fifre grêle ou tambour orageux qui tempête,
Grand orchestre qui met nos luxures en fête!

Clairons d'argent menant au but : vos chers appas,
Mes caresses ainsi que des troupiers au pas!

Serpents glissant avec des paresses d'eunuque
Sur votre joue et sur vos seins, dans votre nuque!...

Et partout! et toujours! sans trêve! éperdûment!
Baiser qui rit, baiser qui sanglote ou qui ment!

Nectar complexe aux langoureuses griseries!
Seul dissolvant du noir métal des bouderies,

Vol de moineaux pillards fondant sur le verger
De vos charmes qu'ils vont sans pudeur saccager!

Interprètes subtils des rires et des larmes,
Compris de tous à leurs délicieux vacarmes!

Baisers nerveux et forts, tapageurs, orgueilleux!...
Baisers doux et profonds!... baisers silencieux!...

Volants légers que se renvoient, lourdés de fièvres,
Les raquettes claires et roses de nos lèvres!

Ponts furtifs reliant l'un à l'autre les cœurs
Que franchissent nos désirs veules ou vainqueurs!

Beaux tisons crépitant au brasier de nos bouches
Qu'attisent de l'amour les volontés farouches !

Marteaux joyeux frappant sur l'enclume des chairs,
Faisant jaillir, quand c'est sur les yeux, des éclairs !

Angéliques clartés aux prunelles éteintes !
Etoiles d'or en la nuit fade des étreintes !

Astres aux feux desquels l'amour terne se dore,
Je m'agenouille devant vous et vous adore !

L'AMPHORE

A Louis Marchive.

A tes lèvres, quand je me grise sans vergogne
D'amour, le cœur en fête et sens dessus dessous,
Insatiablement, au point d'en tomber soûl
Sur le lit, comme sur le trottoir un ivrogne,

Cependant que mon bras à ton bras nu s'enlace,
L'encerclant d'un viril et frémissant anneau,
Que des baisers jaillit le glou-glou, comme une eau,
Du beau calice de ta bouche jamais lasse,

Je suis comme un buveur ardent dont la main forte
Tient par ses anses une amphore qu'il apporte,
Vite, à ses dents, pour étancher sa fièvre, un peu...

Mais tandis que la frêle amphore est épuisable
Et laisse le palais de l'homme encore en feu,
Ta lèvre aux doux baisers, chère, est intarissable.

RÉVOLTE

(SONNET BRUTAL)

Mon cœur est un palais riche et mystérieux
Où trône le Désir brutal qui me terrasse
Et, despote, d'un bras qui jamais ne se lasse,
Donne à mes sens tremblants un ordre impérieux.

C'est d'aller sans retour au combat amoureux
Et domptés, pareils aux manants, l'oreille basse,
Esclaves résignés du monarque vorace,
Ils vont exécuter leur labeur douloureux,

Qui tord la bouche en feu d'où s'échappent des râles,
Qui détraque les nerfs, qui dessèche les moelles,
Et qui vide le cœur comme on vide un bidet...

Tyran, prends garde : un jour ils saisiront leurs chaînes
Pour les mettre en morceaux, telles des porcelaines
Et te décapiter comme un simple Capet !

LES BRUMES

A J.-F.-Louis Merlet.

Avec leur faux humide, en leurs fantasques voiles,
Elles vont, imprégnant les airs de parfums doux,
Faire leurs cueillaisons monstrueuses d'étoiles.

Quand vient la nuit avec son cortège de râles,
Ces filles que l'on voit surgir on ne sait d'où
Troublent les cieux en deuil de courses vespérales.

Elles courent ainsi que des vierges éprises,
Tendant superbement dans les airs attiédis
Leurs torses vaporeux taillés à coups de brises,

A l'assaut fatidique et machinal des astres,
Gardiens silencieux des riches paradis,
Armés d'ors échappés aux précédents désastres!

Elles vont, brandissant leurs faux inexorables
Où le soleil couché met des gouttes de sang,
Vers les fauves moissons aux gerbes adorables.

Et lentement, la mer des astres d'or s'abrège
En un clignotement de paupière impuissant :
L'un meurt, l'autre surgit, mais tout se désagrège...

Quand le soir saigne en un décor navrant d'automne,
Je sens l'azur du ciel de mon âme assailli
Par une ascension de brouillards monotone...

O brumes de regrets! nuages de tristesses
Où le soleil vainqueur n'a jamais tressailli,
Pourquoi donc rêvez-vous de stupides prouesses?

Vous voulez moissonner les astres clairs et chastes
De mes amours, de mes désirs, de mes espoirs,
Mais le ciel de mon âme a des horizons vastes

D'où sans fin jailliront des étoiles nouvelles!
Vous avez beau faucher, par les tragiques soirs,
Ces blés surnaturels : il reste des javelles!

Dans les cieux ravagés, vos fenaisons funèbres
Ont l'air bizarre et fou d'égorgements épais
Où la clarté succombe aux coups de vos ténèbres.

Et l'eau bleue et sans plis du lac aux reflets pâles
Où tombent lourdement tous les astres coupés
Est comme un champ d'azur où pleuvent des étoiles!

TRISTESSE D'AUTOMNE

A P. Vergez, hommage d'amitié.

« Le vent est froid, le jour décline, c'est l'automne ! »
(G. SORBETS.)

FARANDOLE sinistre au caprice du vent,
Jaunes, sur les chemins, elles tombent... les feuilles !
Rude et froid aquilon, sans pitié tu les cueilles !
Farandole sinistre allant au gré du vent !

Les ceps couverts de mousse aux couleurs mélangées,
Inertes, sur la terre étendent leurs longs bras :
Tels des spectres sans vie en leurs mornes rangées,
Ils dorment, engourdis, du sommeil du trépas.

Vers le sud, en vols bleus, cinglent les hirondelles,
Émigrantes en deuil emportant en exil
Les jours ensoleillés sur leurs tremblantes ailes,
Devant l'inexorable approche du grésil.

Le soleil embrumé, mourant dans un ciel pâle,
Allume son or fauve aux pentes des coteaux
Et projette parfois de longs reflets d'opale
Sur le bronze assombri des vaporeux rameaux.

Et l'altier chrysanthème à la corolle rose,
De safran, d'émeraude ou de rubis vermeil,
Lui-même s'attristant, revêt un air morose
Et, languide, s'incline en un pesant sommeil.

Une mélancolie âpre, indéfinissable,
Descend avec la nuit silencieusement :
Dans un bruissement pénible et lamentable,
Les graves peupliers se plaignent sous le vent.

La lune, contemplant à regret ces ravages,
Sous sa pâle clarté fait miroiter les eaux
Et ses faibles lueurs inondent les feuillages ;
Le vent du soir frissonne à travers les roseaux.

Farandole sinistre allant au gré du vent,
Jaunes, sur les chemins, elles tombent... les feuilles !
Rude et froid aquilon, sans pitié tu les cueilles !
Farandole sinistre au caprice du vent !

CRÉPUSCULE AUTOMNAL

« Il y a déjà comme de la cendre et des râles,
» Dans ta voix d'exils doux et d'angelus fanés. »
(*Fleur de Brume*).

Le soir qui vente et la tristesse assombrissante
Des heures. Un ciel gris. La morne immensité.
Dans un horizon mort, la clarté pâlissante
Du crépuscule d'or, sur la vague cité

Qui profile, là-bas, ses dômes, ses tourelles,
En noir, dans les cieux froids où des vols de corbeaux
Lugubres et fauchant l'air de leurs sombres ailes
Planent, avec des cris, sur la langueur des eaux.

Et toi, brise du soir âpre qui me pénètres!
Et la nuit qui descend sans bruit et les frissons
Des feuilles des forêts et les soupirs des êtres!

Sanglots des vents! houles des airs! lueurs atones!
O triste endormement des choses monotones!
Deuil éternel de la nuit où nous languissons!

TABLE DES MATIÈRES

IMPRIMERIE LIBOURNAISE, 68, RUE PRÉSIDENT-CARNOT.

www.ingramcontent.com/pod-product-compliance
Lightning Source LLC
LaVergne TN
LVHW012002160826
845678LV00002B/676

* 9 7 8 2 3 2 9 6 8 4 0 8 6 *